752隻兔子

文　弗杭索瓦·布雷
圖　薇樂希·柏瓦凡
譯　尉遲秀

從前從前，

在一個非常遙遠的王國裡，

有一位非常美麗，

非常溫柔，

非常富有，

而且非常快樂的公主。

附近所有的國王都愛她，

所以，她根本不需要軍隊來保衛她的王國。

也因為如此，她可以把她的財富拿來維持和擴
大她的皇家兔園。

她擁有的兔子，正確數量是752隻。

為了照顧這些兔子，

她願意付出一切努力，也願意付出任何代價。

她跟兔子一起玩，幫牠們刷毛，餵牠們吃飯。

有一天，一個粗心的僕人忘記把柵門關好，
（這個僕人就叫做「阿讓」好了，但這其實一點也不重要。）
結果，752隻兔子當中的 1 隻就跑到森林裡
去了。

這件事讓公主非常悲傷，她的眼淚流個不停，
驚動了三位國王。
「公主殿下，什麼事情讓您這麼傷心呢？」
國王們問她。

公主平靜下來，把發生在她身上的悲劇，說給她的朋友們聽。

「哎哎！就這麼點小事？」三位國王當中最年長的那位先說話了。「您弄丟了一隻兔子？好吧，讓我告訴您，上個月，我弄丟了我最喜歡的長號，您應該可以想像，我差點氣死，不過，我努力讓自己把注意力放在其他的事情上，結果，那天結束的時候，我已經恢復了好心情。」

「他說得對。」第二位國王接著說：
「不管怎麼說，您還有 751 隻兔子，這樣也算是很多了……」

「一點也沒錯。」第三位國王也開口勸說：
「如果您願意相信我， 您可以去泡個澡， 給自己
倒一杯檸檬水， 再去讀一本好書， 您的想法就
會改變， 而且， 一個小時以後， 您就會忘記這
隻可憐的兔子了。」

三位國王說完這些充滿智慧的話，很滿意的
騎上他們的坐騎，各自回他們的領土去了。

「這些可憐的人哪！一看就知道，他們從來沒有愛過，所以才會說出這種話！」城堡裡又剩下公主一個人了，她忍不住大聲說：

「沒錯，我有 **752** 隻兔子，可是我對牠們每一隻的愛都那麼強烈，牠們每一隻都像是我唯一的兔子。」

後來，公主穿上長靴，披上斗篷，衝進森林裡。兩個小時後，一棟小屋出現在她眼前。這裡是一位老婦人的家，據說她擁有神奇的力量。

公主沒敲門就走進去，對老婦人說：
「我有一隻兔子跑到森林裡去了！」
「我知道，公主。」
「那您知道我要怎麼樣才能找到牠嗎？」

「公主，你的兔子已經跑很遠了，想要找到牠，你得對付一個巨人，爬過幾座高山，還要越過一個有很多蛇出沒的沼澤。你必須挨餓受凍，還要面對內心的恐懼。

你先休息一下，我會給你一籃食物和一把寶劍，
然後我會告訴你怎麼走。」

公主花了漫長的幾分鐘思考，然後對老婦人說：
「我的朋友們說得沒錯，我確實還有 75 隻兔子，
這樣也算是很多了。」

公主向老婦人說：「抱歉，打擾您了。」然後就回城堡去了。

她在浴缸裡放滿水，開始泡澡。

她給自己準備了一杯檸檬水，打開她最喜歡的一本書。

~ 全書完 ~

陪孩子從提問開始，進行思考實驗

楊茂秀 毛毛蟲兒童哲學基金會創辦人

「小小思考家繪本系列」為父母、教師提供：如何向各種年齡層的孩童學習提問，養成提問的態度與習慣。換句話說，成人得要向小孩、也就是人類文化的新成員學習，而那是大人對小孩最恰當的尊重。

若期望透過共讀繪本進行思考力培育，最重要的是成人與兒童、老師與父母，共同經營探索社群，以合作的態度，透過繪本內容延伸與提問，協同面對生活的各個層面。

「小小思考家繪本」陪親子讀出思考力

聽專家們分享兒童思考力培育的觀察與經驗，同時也聽他們說說為什麼親子需要「小小思考家繪本系列」。

專家推薦

楊茂秀
毛毛蟲兒童哲學
基金會創辦人

朱家安
簡單哲學實驗室
共同創辦人

何翩翩
牧村親子共學教室
創辦人

Q 「小小思考家」企劃緣起是因為期望兒童成為一個世界公民，而許多研究公民教育的專家反映，從小學習關注公民權益，首要需要先培養思考能力，您認同嗎？

我認同能進行公民議題的探討，最基礎的就是先要能有獨立思考和判斷力。兒童本來就具有思考力，成人要做的是讓他們盡情的發問探索。

這個企劃緣起很好，公民意識和思考能力、思辨能力是密切相關的。

我認同。公民對外需要思考和理解能力來跟立場不同者溝通，發揮多元社會的精神；對內也需要思考和理解能力來做判斷，才能活出自己認同的美好人生。

Q 透過親子繪本共讀能夠培育思考力嗎？

孩子都喜歡聽故事，繪本故事是最好的思考力培育素材，只要故事能引起他們在生活上的連結與討論，就能進行思考力練習。所謂的思考力培育就是追隨孩子的提問進行思考探究，其深度和方式可隨孩子的狀態調整。

當然可以，但是幫學齡前的孩子挑可供討論的繪本主題要越具體，內容要越貼近生活。

只要有空間來形成討論，共讀就能培育思考力。「小小思考家」系列目前每冊都規劃出討論用的題目和遊戲，也是很好的起點。

Q 「小小思考家」參照「教育部十二年國教中的十九大議題」作為繪本的選題。如果可以為這個系列選書或者企劃，您會希望增加那一些主題或內容呢？

進行思考力培訓，重要的是成人的態度與共讀的方法。孩子們總是真誠的回應他們看見的，只要故事主題貼近孩子的生活即可。如果能有更多臺灣創作者自製的繪本，而且有更開放性的敘事方式會更好。

期望主題能更貼近臺灣孩子的生活經驗，像是：建立自我價值感、勇於展現自己的想法等。另外，思考力很抽象，通常都需要有討論或實際活動引導，所以書末的思考活動設計很好，讓思考力培育能搭配遊戲活動。

期望故事能打破刻板印象，擴大孩子對生活的想像。目前書末結合故事主題設計的思考活動和遊戲我相當喜歡，讓孩子練習思考，也讓成人練習陪伴孩子思考。

《752隻兔子》親師活動與遊戲手札

設計者｜鋅鋰師拔麻 Sam & Sasha 親子粉專創辦人／臨床心理師

思考議題

面對「失去」，大家的感受一樣嗎？

每個人一生必然會經歷「失去」，可能是失去心愛的玩具或寵物，又或是親友的離開。每當面對「失去」時，我們會有一些相似的感受，例如悲傷、失落、遺憾。若是再仔細探究，每個人面對失去時的情緒歷程、強度、調適與復原時間都不盡相同，這可能與「失去對象」之於每個人的意義、彼此關係、心理狀態或自我價值觀有關。

當要安慰經歷失去者時，盡量不以自己的視角評論，嘗試理解對方的處境與狀態，若不知道該如何回應，也許，靜靜聆聽及溫柔陪伴就是最好的安慰。

面對失去可以怎麼做？

每個人面對失去的反應不太一樣，有人喜歡找人傾訴；有人會選擇安靜獨處，有人嘗試挽救現況；而有人則願意靜默承受。當一個人面對不同類型的失去情緒時，可能會有不同反應，然而，就算重複面臨相同的失去經驗時，也可能採取不同的面對方法。選擇適合自己的療癒方式，試著從失去的悲傷中站起來，恢復的過程沒有一定的時間表或標準答案，唯有真誠面對失去的感受，覺察並接納自身狀態，我們才能重回生活軌道、勇敢前行。

⚠ 提醒
1 思考議題是從故事中延伸出來的討論主題之一，不是唯一，提供給陪伴孩子共讀的成人一個方向。
2 以讀者真心的好奇和提問出發，進行思考討論是最棒的。（其中的讀者包括孩子與成人）

因失去而產生的各種情緒可以如何面對呢？

活動人數：4-6 人

準備道具：A4 紙和筆

情緒詞彙參考：悲傷、難過、遺憾、懊悔、不捨、焦慮、擔心、害怕、憤怒、平靜、麻木、憐憫、煩惱、驚嚇、
哀慟、鬱悶、孤獨、空虛、背叛、失望……可適當的自行增加。

STEP1　自我探索與覺察

帶領者請每個人在紙上填寫以下的問題：

1 我曾經失去了＿＿＿＿＿＿＿＿＿＿。**（分享曾經／近期失去人、事、物的經驗）**

2 失去＿＿＿＿＿＿＿＿＿ 的時候，我的感覺是＿＿＿＿＿＿＿＿＿＿＿＿＿＿＿＿＿。**（分享
面對失去時的各種感受，可以同時有多種感受，也可以分享情緒歷程的轉變，每個人都不同）**

3 我覺得自己需要＿＿＿＿＿＿ 的時間，才會好過一些。

4 當失去＿＿＿＿＿＿＿＿，做＿＿＿＿＿＿＿＿＿＿＿＿＿（事件／行動）會讓我感到好
過一些。**（ 分享自己在失去時，自我療癒的方式）**

5 當我面對失去的難過情緒時，別人＿＿＿＿＿＿＿＿＿＿＿＿＿＿，會讓我覺得舒服一些。
（ 分享難過時，期待親友如何陪伴安慰自己）

6 別人實際給我的回應：＿＿＿＿＿＿＿＿＿＿＿＿＿＿＿＿＿＿（將在 Step2 完成）

STEP2　同理心練習

a 帶領者要求大家圍成圓圈，輪流分享方才在
紙上寫的1到4題答案（第5題留待下一輪
再分享）。

b 當 A 分享完，B 要先針對 A 的分享，回應**「自
己會如何嘗試安慰／陪伴 A，理由是？」**（這
時帶領者協助 A 把 B 的回應記錄在第 6 題
中。）

c 接著換 B 分享自己的1到4題答案，以此類推，
反覆進行 a-b 的流程。直到所有人都分享過。

STEP3　你的同理，有同理到別人了嗎？

a 帶領者從頭請 A 開始大聲朗讀自己在紙上寫
下的第 5 題答案。

b 接著請 A 大聲朗讀紙上記錄第 6 題的內容。
並請大家一起討論 A 期望的和 B 回應的方式
有沒有相同，或是符合 A 期待的安慰方式呢？

c 以此類推，反覆進行 a-b 的流程，直到所有
人都分享過。

⚠ **提醒：**本次活動目的，是期望每個人增加對
自我的探索與覺察，理解自己面對失去時
會有的情緒反應、強度與因應方式，同時，
也藉由此類活動，嘗試從陪伴與安慰他人
的過程中，理解每個人面對失去時的不同
狀態，進而學習同理他人、尊重個體差異。

故事改寫：「假如你是公主，你會怎麼做？」

每個人面對「失去」的反應與行為不盡相同，假如你是故事裡的公主，你會做出和她一樣的選擇嗎？一起來改寫專屬於你的故事吧！以下請依照自己的想法做選擇，並寫出原因。

會！我會接受
_____國王的安
慰與建議，理由是：____
_____
_____
_____

— 開始囉！—
當你因為心
愛的兔子走丟1隻
而傷心難過時，鄰國
的三位國王紛紛前來
安慰並提供意見，你
會接受他們的安慰
與建議嗎？

不會！我還是
會試著出去找找看，
看有沒有機會找回兔
子，理由是：_____
_____
_____
_____

聽說森林裡
的老婦人可以幫
助你，你主動去找她，
而她告訴你必須要打
敗巨人與蛇，經歷重
重難關才能找回兔
子，你仍願意嘗
試嗎？

我不確定，我
需要想一下，因為：
_____
_____
_____

我會_____
_____
_____
因為：_____
_____
_____

是！我會聽
婦人的話馬上行
動，冒險去找心愛
的兔子，因為：_____
_____
_____

我想想後，決
定聽國王朋友的
話，泡個澡、喝杯檸
檬汁，因為：_____
_____
_____
_____

再想一想這些問題！

問題 ❶ 除了上面的選項外，你
還會考慮採取其他的行動嗎？
理由是什麼？
問題 ❷ 試著找兩位家人或好朋
友一起閱讀這本書，然後各自

進行故事改寫遊戲，再彼此分
享，看看大家的選擇與理由是
否一樣？不管一不一樣，都可
以互相分享理由，也許會激發
出新的想法喔！

國家圖書館出版品預行編目資料

752隻兔子／弗杭索瓦·布雷（François Blais）
文；薇樂希·柏瓦凡（Valérie Boivin）圖；尉遲
秀 譯. -- 第一版. -- 臺北市：親子天下股份有
限公司, 2021.08
面；公分. --（繪本；278）注音版
譯自：752 Lapins.
ISBN 978-626-305-033-4（精裝）
885.3599   110009280

小小思考家 3

繪本 0278

752隻兔子

文｜弗杭索瓦·布雷（François Blais）　圖｜薇樂希·柏瓦凡（Valérie Boivin）　譯｜尉遲秀

責任編輯｜陳毓書　特約編輯｜劉握瑜　美術設計｜王瑋薇　行銷企劃｜林思妤
天下雜誌群創辦人｜殷允芃　董事長兼執行長｜何琦瑜
兒童產品事業群
副總經理｜林彥傑　總編輯｜林欣靜
主編｜陳毓書　版權主任｜何晨瑋、黃微真

出版者｜親子天下股份有限公司　地址｜台北市 104 建國北路一段 96 號 4 樓
電話｜（02）2509-2800　傳真｜（02）2509-2462　網址｜www.parenting.com.tw
讀者服務專線｜（02）2662-0332　週一～週五：09:00~17:30
讀者服務傳真｜（02）2662-6048　客服信箱｜parenting@cw.com.tw
法律顧問｜台英國際商務法律事務所·羅明通律師
製版印刷｜中原造像股份有限公司
總經銷｜大和圖書有限公司　電話：（02）8990-2588

出版日期｜2021 年 8 月第一版第一次印行
　　　　　2022 年 11 月第一版第二次印行
定價｜320 元　書號｜BKKP0278P　ISBN｜978-626-305-033-4（精裝）

訂購服務 ─────────────────────────────
親子天下 Shopping ｜ shopping.parenting.com.tw
海外·大量訂購｜ parenting@cw.com.tw
書香花園｜台北市建國北路二段 6 巷 11 號　電話｜（02）2506-1635
劃撥帳號｜ 50331356　親子天下股份有限公司

立即購買 >